KB124331

문학과지성 시인선 515

목성에서의 하루

김선재 시집

문학과지성사

문학과지성사에서 펴낸 김선재의 시집

얼룩의 탄생(2012)

문학과지성 시인선 515
목성에서의 하루

초판 1쇄 발행 2018년 7월 26일
초판 4쇄 발행 2023년 1월 6일

지 은 이 김선재
펴 낸 이 이광호
편   집 최지인 이민희 조은혜 박선우
펴 낸 곳 ㈜**문학과지성사**
등록번호 제1993-000098호
주   소 04034 서울 마포구 잔다리로7길 18(서교동 377-20)
전   화 02)338-7224
팩   스 02)323-4180(편집) 02)338-7221(영업)
전자우편 moonji@moonji.com
홈페이지 www.moonji.com

© 김선재, 2018. Printed in Seoul, Korea

ISBN 978-89-320-3452-2 03810

이 도서의 국립중앙도서관 출판예정도서목록(CIP)은 서지정보유통지원시스템 홈페이지
(http://seoji.nl.go.kr)와 국가자료공동목록시스템(http://www.nl.go.kr/kolisnet)에서
이용하실 수 있습니다. (CIP제어번호: CIP2018022485)

지은이는 2016년 서울문화재단 창작지원금을 수혜했습니다.

문학과지성 시인선 515

목성에서의 하루

김선재

사랑했던 날들을 지나
사랑한다 말한다.

2018년 여름
김선재

목성에서의 하루

차례

해설

1부

가만히 서 있거나 아주 느리게 걸어갔다

열대야

가도 가도 여름이었죠. 흩어지려 할 때마다 구름은 몸을 바꾸고 풀들은 바라는 쪽으로 자라요. 누군가 길을 묻는다면 한꺼번에 쏟아질 수도 있겠죠. 쉼표를 흘려도 순서는 바뀌지 않으니까. 곁에는 꿈이니까 괜찮은 사람들. 괄호 속에서 깨어나는 사람들. 지킬 것이 없는 개들은 제 테두리를 핥고 햇빛은 바닥을 핥아요. 나는 뜬눈으로 가라앉고요. 돌 속에는 수많은 입들이 있고, 눈을 가린 당신이 있어요. 빗소리는 단번에 떨어져 수만 번 솟구치고요, 앞도 뒤도 없이 일제히 튀어 오르는 능선들. 갈 데까지 가고서야 공이 되는 법을 알았죠. 잎사귀처럼 바닥을 굴러 몸을 만들면, 바람을 숨긴 새처럼 마디를 꺾으면, 안은 분명할까요. 뼛속을 다 비우면, 바깥은 안이 될까요. 아직 가도 가도 어둠이에요. 하루가 가도 하루가 남는, 손을 뒤집어도 손이 되는. 그러니 당신, 쓴 것을 뒤집어요. 다시 습지가 될 차례예요.

백白

일어선 다음에는 어떻게 해야 할지 몰라서
제자리 뛰기를 했다

습관처럼 창문은 높고
바닥은
끝 간 데 없었다

우리는 물속에 언 발을 담가놓고 나왔다
누군가는 묻고 누군가는
답해야 하니까

뛰어오를 때마다
바람이 길을 건너갔고
솟아올랐던
허공이 천천히 가라앉는 동안

말없이

우는 새가 우는 새를 부르거나

수족관의 물고기들은 엎드려 잠을 잤다

어깨가 없어서
혼자 울고
혼자
깨어났다

이제는 뭘 해야 하지
내가 중얼거렸을 때

우리는 마주 보고 팔을 흔들었다
이쪽과 그쪽이 생길 때까지

햇빛을 통과한 새가 그림자를 떨어뜨린다

발이 걸어오고 있었다

부정사

밖은 길고 안은 어두웠다

누군가 길 끝으로 걸어가고 나면 그 끝을 오래 돌았다

제 꼬리를 잡으려고 도는 개와 함께

그것밖에 아는 게 없어서

양달을 깔고 앉은 한때는 응달이 되고

누군가 흘린 뒤통수에서 털실이 날린다 털실은 매듭을
짓기에 좋고 매듭을 진 다음에는 돌아설 수 있다

골목을 주워 담는 바람은 내버려두고

여기엔 물이 있고, 여기엔 딸기가 있고, 여기엔 차가운
아침 공기 속에 쥐 죽은 듯이 메뚜기가 앉아 있는데* 얼
굴이 자꾸 녹았다 녹으면 테두리가 없어질 텐데 내가 없
어질 텐데

새들도 땅에서 죽는다는 말을 다섯 번쯤 듣고 나면 중력에 대해 생각하지 않을 수 없다

　두 번이나 싫다는 말은 진짜 싫다는 말이다

　이제 남은 것도 없는데 조금씩 자루는 줄어들고 자루라고 중얼거리면 어쩐지 뭐라도 담아야 할 것 같아서 바닥이 천천히 무릎을 짚고 일어섰다

　쏟아진 그림자를 바라보듯 돌던 개가 돌아본다

　가만히 서 있거나
　아주 느리게 걸어갔다

* 트리스탄 굴리, 「동물들」(『산책자를 위한 자연수업』, 김지원 옮김, 이케이북, 2017) 에서.

담장의 의지

신발을 돌려놓으면 누군가 들어왔다 안에도 없지만 밖
에도 없는 사람이

우리가 발을 맞춰 같은 말을 되풀이할 때
기대가 기대온다 아무 일도
일어나지 않아서

안으로 나가려는 사람과 밖으로 들어가려는 사람이 서
로를 밀어낼 때
이제 막 시작되는 날씨

좋다고 말하지 않아도 풍경이 쪼개진다면
싫다고 말해도 괜찮을 텐데

쓰는 순간 사라지는 구름과
소리 내면 지워지는 물방울 사이에서

공을 굴리는 아이들은 굴릴 만큼 굴리고 나서야 돌아
갔다 다 자란 꽃을 주울 때마다 바닥이 드러났다 틈만 나

면 틈이 되었다 속삭이기 좋았다

  그늘을 지운 담장도
  그늘이 되기에 좋고

  입술을 깨물면 배고픔이 덜하다고 했다
  깨문 자리마다 입술이 피어났다

  벽이 되는 손자국을 따라
  무성한 것들은 다 비밀이어서

  악수를 나누면 돌아서야 한다

  바깥이 아니어서 안으로 들어갈 수도 없는
  서로의 입술을 문질러 지우니

  고요했다

한낮에 한낮이

옥수수잎이 타는 계절

지평선은 빛난다 멀어서, 다가가면 더 멀어서, 몸은 흐려지고 나날은 길어, 길고 가는 숨이 나보다 먼저 나를 발견할 때

후후, 숨을 내뱉으면
호호, 김이 퍼져가고

얼어붙은 유리창에서 퍼져가던 손가락의 온도, 뜨거운 눈이 내렸고 볼 빨간 아이들은 줄지어 숲 쪽으로 걸었다 말을 나누듯 얼음을 서로의 입에 넣어주며 타는 숲속으로 걸어갔다 뒤를 모르는 아이들의 이마는 서늘하고 가슴은 뜨거워

돌아보면
어느덧 귀를 막는 여름

창문은 바닥으로 떨어지고 숲이 떠오른다 고양이가 고

양이를 물고 웅덩이를 건너가고 무릎이 생긴 바람이 돌 때, 도는 바람은 시려

　떠다니는 것들, 떠나가는 것들, 주먹을 쥐고 문 앞을 서성이는 것들

　뜨거운 숨을 내뱉으면
　뜨거운 허공이 목을 쥔다

　창문이 정지하고 안은 쏟아진다 쏟아지는 안을 닫을 길이 없다 그곳에 닿을 길이 없다 다만 나는, 흘린 물처럼 서서히 말라가다가 내가 울고 내가 듣는다

　누군가 빠져나갔다

　한낮에 한낮이 울던 날

하지

매달릴 곳이 없어서 매달았다

맴돌다 보면 어깨가 생기고
위와 아래가 생겼다

우두커니

손바닥으로 햇빛을 가리면 가장자리가 환했다
썩지도 않고 쌓이는 테두리

캄캄하면 얼굴을 그렸다
보기에 좋아 쉽게 지워졌다

여기도 거기도 아닌 곳에서는
만나는 순간부터 구부러지는
큰길에서는

한참 지나치고 나서야
아는 이름을 떠올리기도 했었는데

오후는 길고 긴 것들은
기대기에 적당해서
걸핏하면 우수수 햇살이 떨어졌다

문 앞에 서면 모르는 이름이라도 불러야 할 거 같아
아버지, 아버지

엎드렸다 일어난 뒤에는
아무 일도 없었다는 듯
부르는 쪽으로 갔다

이미 떨어진 풍경 쪽으로

오늘 하루 무사하리라는 걸 알고 있었지만

아침에 일어나면
내가 조금씩 빠져나갔다

이러면 안 된다는 말은 벌써 이렇게 했다는 말일까

과거에 일어난 일은 지금도 일어난다 이를테면 어디서
나 달려오는 자전거나 어떻게든 헤어지는 사람들 미끄러
지는 사람들

필요한 일은 아니지만 필요 없는 일들이 필요한 날이
있다

풍선처럼
풍선을 부는 일처럼

바람은 바람의 의지일까 지구의 의지일까 우리의 의지
일까 풍선만큼 줄어들며 생각했다 잠이 든 새를 대신해
서 생각했다 누군가 있는 힘껏 옆구리를 꼬집을 때까지
대신 살고 대신 웃었다

돌아오면
탁자 위에는
반쪽만 남은 사과

화투 점을 치는 엄마는 자주 뒤집혀서 입을 다 닦고서
야 나갔고
우리는 닦아도 닦이지 않는 검버섯처럼 아무렇게나 피
었다

그러면 못쓴다는 말은 이미 못쓰게 됐다는 말이다

하루아침에
다른 얼굴이 되어

각자의 주름 사이로 몸을 숨기고

검게 그을렸다

서쪽으로 난 창이 있는 집

한낮도 아닌데 눈이 멀었다 바람은 한없이 늘어나서

목을 움츠려도 기린은 기린
기린의 기분을
이해하다 보면 금방 어두워졌다

주먹을 쥐고 잠든 사람 곁에 따라 누우면
어떤 일이 일어나기도 전에 떨어지는 잎사귀

알아서 가고 알기 전에 와서
내내 나무는 비어 있다

널어놓으면

햇빛은 금세 없어지고 그늘은
드러눕기 좋아
구르다 일어나 반으로 접혔다

반만 보이는 거울,

가끔 나를 만나면 뒤로 가자고 했다
여기는 보는 눈이 많으니까

혀 밑에 감춘 알약처럼 세상은
천천히 녹았다

한곳을 오래 바라보다
혼자 하고 혼자 지웠다
우리는 수백, 수천 년 동안 이런 식으로 앉아 있었다*

난간 너머로 새가 날아간다
달려오는 생을 온몸으로 막으며

뾰족해지고 나서는
어두워질 차례였다

* 라르스 뮈팅, 「불」(『노르웨이의 나무』, 노승영 옮김, 열린책들, 2017)
에서.

사실과 취향

열 손가락을 깨물면 각기 다른 맛이 난다

당근은 써는 것보다 씹는 것이 편한데
자꾸 순서를 바꾸라는 엄마

잘 알지도 못하면서 새들은 연습을 한다 떨어지는 연
습, 떨어지려는 연습, 연습을 하다 보면 습관이 됐다 우리
는 차례차례 떨어졌다

떨어지면 못 먹는 거라고 했다
먹을 것이 없었다

거지 같아
같은 것에서 같은 것을 빼고 땅에 엎드리면 모자가
알아서 뒤집힌다 잘못한 일이 없는데 자꾸 두 손이 모아
져서

우리는 자주 서로를 숨겨주었다 철이 지나면 알아서
처박히는 이불이나 저절로 떨어지는 열매들처럼 아무렇

게나 숨었다

숨어 있으면 숨 쉬는 법을 종종 까먹고
씹을수록 멀어지는 맛이 있다

개가 개뼈다귀를 씹는 건
어딘가 이상하지 않아?

편안한 말들을 주고받다 돌아오면
이가 빠졌다

얼굴이 무거워
열차보다 먼저 빈자리로 달려가는 엄마
손가락을 자꾸 깨무는 엄마

다 같은 맛이라고 했다

거리의 탄생

구름이 이동한다
구릉 너머
구름의 영토 쪽으로

거리는 무한히 확장되고 변주된다
사라졌다 떠오르기를 반복하는
소문처럼
입에서 귀로 전해지는
비밀처럼

오늘 우리는 무슨 얘기를 할까

터진 꽃들이 지기 전에 말해줄래?
유머가 된 사랑이나
추억이 된 혁명 같은 거

세계 뒤에서, 더 뒤에서
기억 밑에서, 저 밑에서
지각은 조금씩 밀려온다

내일은 우리에게 어떤 얘기가 남을까

흰 계절의 감옥을 지난 후에는 말해줄게
점을 치는 새의 슬픔이나
새를 치는 노인의 미래 같은 거

겨우 속삭이면서
겨우 어긋나면서

사람들은 이동한다
어깨 너머
사양斜陽의 영토 쪽으로

누구도 모르게 모르는 사이가 되어
다시는 되돌아오지 않을
지상의 영토 끝까지

그날 이후

쉿,
이전의 일들은 모두 비밀이야
어떤 나라의 어른들은 말했다

증오를 배우지 않기 위해
아름다운 것을 기억하기 위해

늘 손가락은 모자라거나 남았고
지붕은 뜨겁게 달아올랐다
안과 밖에서
걸핏하면 열이 끓었다

처마 끝에 매달린 채
나에게서 멀어지는 사지를 바라보는
오늘은 여름의 입구

어둠 속에서 그림자들이 일어서고
혀를 빼문 개들이 지나가는 시간

나는 손을 씻으며 오래 생각한다
길고 슬픈 발음을 가진 이름들과
가라앉은 어떤 여행에 대해,
이전의 이후에 대해

어떤 나라는 너무 멀고
하루는 아직 끝나지 않았지만

젖은 손을 문질러 닦으며 나는,
걸어간다
슬프고 아름다운 발음을 연습하거나
마침내 다다른 해안의 무늬가 되기 위해

두 번 다시 비밀이 되지 않을
어떤 이후까지

사라진 사람들이 살고 있는 쪽으로

우리는 누군가가 되어

숨만 쉬어도 배가 불러서
숨을 쉴 수가 없죠

공이 되어볼까요
굴러가다 보면,
엉겅퀴를 목에 감고 굴러가다 보면

소녀는 어른이 되고
소년은 늙은 소년으로 자라

누가 누군지도 모르는
누군가가 되어

똑똑
당신은 나를 두드리죠
그때마다 나는

뚝뚝
떨어져요

드러누운 새처럼
드러누워 흙 속에 묻힐 새처럼

서쪽 구름이 붉게 찢어질 때면
발밑을 오래 바라봐요

새가 묻혔을까 봐
죽은 새를 밟았을까 봐

가슴에 손을 얹으면 할 수 없는 말들이 있고
무릎을 꿇으면 해야 할 말들이 있지만

아무것도 할 수 없어서
오늘은 내가
나를 지울래요

누군지도 모르는 내가
배부른 나를

물러가지 않는 햇빛 속에서
어디에도 있는 그늘 속에서

모임

　기다려도 오지 않는 사람과 기다리지 않아도 오는 사
람 사이에서
　식탁 위의 과일이 말라간다

　너는 원래 뭐였니
　원래 너는 그렇니

　묻다 보면 하루가 다 갔다
　손을 바꿀 사이도 없이
　손을 잡을 의지도 없이

　나의 말과 손은 너무 멀다
　온도가 달라서
　아무리 불러도 거기 없다

　우리는 그것을 의지라고 썼다, 썼다 지웠다
　그다음에는 읽을 것이 없어서

　손끝에서 창문이 떨어지고

떨어진 창문은 내내 미끄러진다

사람들은 흔들릴 때만 나왔다 원래 거기 있던 사람들
처럼
흔들리다 나중에 흔들었다

속도 모르고
속도 없이

왜 날 보내주지 않았니
다 가버린 뒤에는 꼭 그런 사람이 남는다
하나를 보태면 하나가 남고
두 개를 잡으면 하나가 모자란 사람

모자란 우리들이 남아, 남은 얘기를 한다

뒤집어진 계단이나 끝없이 갈라지는 입술 같은 것
온도가 같아서
자꾸 같은 자리로 돌아왔다

기다려도 오지 않는 것과 기다리지 않아도 오는 것 사
이에서

　　이윽고 서로의 얼굴이 보이지 않을 때

　　지친 두 발이 먼저 갔다

방의 미래

없는 것을 더듬는 밤이다. 이를테면 해안선을 따라 흘
러가는 불빛, 불빛에 일렁거리는 검은 물결. 줄에 묶인
검은 배가 혼자 기우는 그곳에 나는 없다. 다만 한 줄의
이야기가 밀려갔고 새로운 파도를 기다릴 뿐. 밀려가면
밀려오는 것을 알 뿐. 의자 위에는 읽다 만 책이 놓여 있
다. 새가 날아오를 때마다 숲은 자욱해진다. 꽃이 떨어질
때마다 하늘은 멀어진다. 멀고 깊고 어두운 마음이 있다.
서랍에서 낡아가는 말이 있다. 할 수 없는 말이 있다. 슬
픈 잠에 빠진 말이 있다. 밖에서 안을 찾아 헤매던 날들
은 멀어졌다. 서로의 얼굴을 더듬던 날들을 기억한다. 단
지 한 방울의 물을 떨어뜨렸을 뿐인데 우리는 끝없이 가
장자리로 밀려간다. 언덕 위에는 깃발이 나부낀다. 있는
곳에서 없는 쪽으로. 보이는 곳에서 보이지 않는 쪽으로
불어가는 바람이 있다. 우리가 믿을 수 없는 것은 우리가
아니라 우리의 오늘이야. 각자의 길로 걸어가며 우리는
그렇게 말했다. 너의 등 뒤에는 가지런한 말들이 있다.
나의 앞에는 가지 못한 길들이 있다. 바람은 바라는 곳에
서 불어온다. 버린 것도 버려진 것도 아닌 날들이다. 잃
은 것도 잊을 것도 없는 시간이다. 읽다 만 책을 다시 펼

치는 밤이다.

달이 뜬다.
까마귀가 날아오른다.
개가 짖는다.

시작도 없이 끝도 없이,

방을 끌고,
밤을 밀며.

눈사람

씨앗들이 얼어붙는 계절
테이블 위의 두 손을 뒤집으면
칼과 지팡이와 컵

베인 손가락을 입에 물 때마다 돌아온 내가 떠나는 나
를 돌아본다는 생각, 타버릴 숲에서 타버린 새가 울고 있
다는 생각, 빨고 도는 생각

모자 안에는 병든 비둘기
뭐가 되기 싫어 눈도 코도 입도 없는 사람

그러고도 사람이라고
그러고도 사람이라니

달아나도 멀어지지 않는 꿈을 꾼다 꿈을 뒤집을 때마
다 바람과 불과 물의 나날

털갈이하는 짐승처럼
얼굴, 날린다

한곳을 오래 보고 있으면 둘이 되고 셋이 되었다 가끔 안을 도려내고 바깥이 되기도 했다 찍을 발등이 없어서, 찍힐 얼굴이 없어서, 넷이 됐다가 아예 없어지기도 했다

피로와 추위 속에서
추위와 그늘 속에서

나갈 수 없는 마음과 돌아올 수 없는 사람 사이에서 귀는 가장 마지막에 닫힌다 닫힌 어제는 다른 것이 되었다

내일은 다시 흙과 물과 불의 시간

아무리 휘저어도 녹지 않는

얼굴이
얼굴을 들여다본다

열리는 입

울고 난 뒤에는 손톱을 깎았다

등 뒤에는 아무것도 하지 않는 엄마

잘못과 잘 못 사이에서 아이들은 서로의 아랫도리를
지워주었다 걸핏하면 넘어졌다

쏟아진 다음에는
쏟아진 것만 생각하고

거꾸로 설 때마다 꽃가루가 날렸다 끝까지 가기 좋은
날씨였다 울짱을 넘어서면 울짱, 좋은 것을 보면 네 생각
이 난다는 말을 들으면 코피가 났다

입을 닦으면 다가 아닌데
한 입 베어 문 사과

접은 손을 펴고 편 손을 다시 접고 그 손을 뒤집었다가
자리에 놓으면 하루가 다 갔다 그 자리가 제자리고 제자
리가 끝이어서 끝은 깊고 깊은 건 차가웠다.

문 뒤에는 눈을 감은 사람들
물을 말이 없는 사람들

입만 살아서
입만 막았다

다 자란 아이들이
하지 않은 것과 할 수 없었던 것 사이에서 입을 맞춘다
네가 잘 못 지나온 길에서 내 잘못이 아닌 길에서

최대한 자주 방에서 체조 연습을 할 것, 숲으로 산책을
자주 다닐 것, 서커스 구경을 갈 것, 광대들의 태도를 익
힐 것*

나머지 뺨을 내밀며 끝까지 갔다

* 로베르트 발저, 「문의에 대한 답변」(『산책자』, 배수아 옮김, 한겨레출
판, 2017)에서.

반성의 시간

아마 그때였어. 나란히 누웠다가 각자의 방향으로 돌아눕던. 안 보이는 달이 더 캄캄한 쪽으로 기울던. 내밀었던 손을 안으로 숨기던. 엎드린 말들을 먼 곳으로 밀어내던. 밀려나는 줄도 모르고 밀려나던.

유리창 안에는 두 사람이 아닌 한 사람. 금을 그으면, 두 얼굴이 될까. 두 사람이 될까. 내 입김이 나를 자꾸 지워서

한 자리에 오래 서 있어. 입구와 출구처럼. 떨어진 잎사귀처럼.

바닥인 바닥과
바닥을 모르는 바닥

어느 쪽이 될까
어느 쪽이 될래

나는 더도 없고 덜도 없어 앞과 뒤가 없지. 그때도 없

고 지금도 없으니까 내일을 모르고 모레도 그럴 거야. 그러니까 그냥 모르는 사람이 될래.

구름이 그림자를 묻고 있어. 곧 새도 떠나겠지. 왜 가는지도 모르고 날아갈 거야. 가도 가도 갈 곳이 없어서. 해도 해도 할 일이 남아서. 울지 못해 따라오는 시간이 있지. 가라앉는 호수가 있어. 떨어진 잎사귀들이 떠내려가. 가라앉을 사이도 없이. 가벼워지기 위해서라고 할게. 다시 떠오르기 위해서라고 할게.

몸은 투명해지고 밤이 나를 감추니*

나머지는 남겨두고

* 백현진, 「어떤 냄새」(솔로 앨범 『반성의 시간』, 2008)에서.

한낮의 독서

당신의 말을 읽을 수 없습니다 다정하다는 말을 할 수
도 있습니다만, 읽을 수 없다면 무슨 소용입니까

가장 안쪽에서 오는 가난

가난한 나의 어제가 지나갑니다
가지 않을 길을 지나쳐 오지 않을 곳으로

나는 무거운 침針을 꽂고 바닥에 누워 더없이 멀리 있
는 것들을 봅니다 위에서 밑으로 자라는 얼룩과 밑에서
위로 자라는 잎사귀, 그 너머에서 희미해지는 검은 것 속
의 검은 것

아이들은 틀린 것을 배우고 배운 것을 틀리고 틀린 것
을 다시 틀리며 자라

당신의 말이 들리지 않습니다 다르다는 말을 수도 없
이 해보았습니다만, 들리지 않는다면 무슨 소용입니까
틀린 것은 무엇입니까

반복되는 밑줄,
밑줄 옆에는 붉은 별

말이 지나갑니다
비문의 통로를 지나 비문의 언덕 너머로

그 언젠가 숲에서 잃어버린 발자국처럼 말들은 돌아오
지 않습니다 아프지 않다는 말도 더 이상 쓸 수 없습니다

햇살이 풀을 꺾는 한낮입니다

입술을 깨물 때마다
조금씩

캄캄해지는

관계 후의 자세

한 번 갔다 온 후에 다시는 가지 않았다 시작은 몰라도
끝은 뻔하니까

같은 말을 되풀이하는 건 거짓말이다 거짓말로 밥을
먹고 차를 마셨다 인사는 누구여도 상관없으니까 마음껏
나누고

창문을 그리면 창문이 생기고 창밖에는 뛰어가는 토끼
창문이 열린 동안에만 토끼인 토끼

하나도 안 변했구나
누군가 그렇게 말하면 쥐고 있던 주먹을 돌렸다 칭찬
인지 아닌지 몰라 주먹은 계속 넘어가고

갔다 와서는
나무를 그렸다 그 안에서 쉬려고

남은 것이 없어

들어갈 자리가 없었다

2부

집은 떠나는 순간부터 사라진다

목성에서의 하루*

하루라도 다 같은 하루는 아니어서

나는 여기 있어요

자욱한 먼지와 뜨거운
바람이 엉켜
흐르는 곳

꽃이 시들어요
꽃이라고 말하는
순간부터

나는 같은 자리를 돌고
당신은 천천히 돌아가지요

한쪽 가슴을 도려낸 봄이 뚝뚝 떨어지거나
한 무리의 새들이 사양 속으로 가라앉을 때

보이지 않아 들리지 않았죠

깨어진 줄 모르고
깨어나던 아침이 그랬던 것처럼

그래도,라고 물으면
어떻게,라고 되묻던 어제를 지나

불을 켜지 않아도
불을 끄지 않아도
밤이 뜨거워 낮은 서늘하고

아직 나는 여기 있어요

귀를 접고
검은 물속에 빠진
슬픈 얼굴들을 하나씩 건져내며

숨을 참다가
이마를 숨기고 숨을 막다가

괴어놓았던 질문을 빼면

이곳의 한낮이 쏟아지는 동안
그곳의 이틀이 사라지고.

흔적 없이

혼자 묻고 다시 묻는 나날이 모두 다른 날들은 아니
라서

곧

나는 여기 없어요 어디에도
나는, 없겠죠

* 목성의 자전 속도는 지구 시간으로 약 열한 시간 이내로 태양계의
모든 행성 중에서 가장 빠르다.

가벼운 나날

그가 뜨거운 주먹을 내밀어요

결말은 전멸을 향해 달려가고
나는 알을 낳듯 괴로워요

속이 보이지 않는 상자나
핵심이 사라진 바위처럼

머리를 내봐
속을 뒤집어봐

　우리는 종종 속셈을 읽기 위해 목숨을 걸죠 수없는 경
우의 수를 연습해요 계획은 치고 빠지는 것 모든 경우의
수가 바라는 건 단 하나니까 경우의 수를 모두 버려도 하
나는 남으니까

그는 쳐요, …… 속이 상해서
나는 숨죠, …… 속이 없어서

식은땀을 흘리며 오수를 지나가면
어두운 하수가 발목까지 차오르고

이봐요
살아 있나요
옷장을 열면 멍든 나뭇잎들이 발치로 쏟아져요
거기, 살고 있나요

걸을 때마다 부서진 뼈들이 나를 따라와요
얼굴을 지우고 만 년만 눈 쪽으로 걸어간다면

…… 살 텐데
…… 좋을 텐데

확률은 명쾌하지만 경우의 수는 무한하고 계획은 많
았지만 대부분의 미래는 오지 않았죠 어디에도 도착하지
못할 우리는 다만 주사위처럼 굴러가요

벽은 여전히 무너지는 연습을 하고

넘어진 사랑은 또다시 넘어지겠죠

살아 있어서
살고 있어서

거의 모든 것의 세계가
죽은 줄도 모르고 끝없이 죽고 있어요

사탕이 녹는 동안

사탕이 녹는 동안, 한 세상이 지나간다. 오래된 표지를 넘기면 시작되는 결말. 너는 그것을 예정된 끝이라고 말하고 나는 여정의 시작이라고 옮긴다. 새로운 이야기가 시작될 거야. 어디서든, 어떻게든. 등 뒤에서 작게 속삭이는 사람들. 멀리 있는 사람들. 그것이 인생이라고 노래 부르는 사람들. 새롭지는 않았으나 아는 노래도 아니었다. 다만 열꽃을 꽃이라 믿던 날들을 돌이키며 각자의 목소리에 귀 기울일 뿐. 후회와 미련에 붉은 줄을 그어놓고 오늘도 어디선가 새는 울겠지. 내일도 어디선가 새는 새로 울 거야. 흔들리는 시선이 고요해질 때까지 우리는 몸을 낮추고 눈을 낮추고 아래로, 더 낮은 곳으로. 끝의 시작은 보는 것. 본 것을 읽는 것. 읽은 것을 잊는 것. 잊은 것을 다시 잊는 것. 이제 우리 앞에는 흰 종이가 놓여 있다. 검은 물이 흘러나오는. 천천히 낡아가는.

개미가 줄지어 간다 녹아버린 사탕을 끌고

마지막까지 마지막을 드러내지 않고 어떻게든 어디로든

순서

가슴을 열면 발자국이 쏟아졌다
희고 검거나, 검거나 흰

흐르고 있다고 믿으면
지워지고 지워졌다 생각하면
다시 돌아오는

눈물을 닦으면 눈물이 났다

돌려줄 손이 없을 때
서랍은 소매를 길게 빼 물었다
할 말을 잊은 입들이 그렇듯이

꿈은 반대라는데
왜 여전히 아침은 캄캄한 걸까
왜 아이들은 날마다 죽을까, 사라질까

들려줄 말이 없어 귀가 자라고
바람 속을 지날 때는 숨을 참았다

바닥이 가까워질수록
모르는 일들이 자꾸 떠올랐다

살아 있다 믿으면 흐려지고
눈을 비비면 다시 시퍼런 빛

귀를 기울이자 어깨가 생겼다
그다음에는
얼굴이 자라고

남은 것이 없어도 입을 벌리는 입들

일어나면
내가 또,
나를 기다리고 있었다

꿈의 서사

귀를 막아야 잠드는 방에 살았죠

나는 바닥에 드러누워 잇몸을 드러낸 말들을 중얼거
려요

나무를 증명하기 위해 버려진 수많은 잎들이
내내 바스락거립니다

꿈은 떠나온 쪽을 오래 바라보는 일이라는 생각
창문은 바라보는 쪽을 향해 기운다는 생각

바람이 불었죠 밤은 푸르고
나는 붉고 긴 혀를 물고 창을 넘어가요
허물을 채집하지 않았지만
허물은 점점 늘어나

우리는 오래된 무덤 옆에 두 귀를 묻어요
사과를 묻어 사과를 키우듯이
상자를 묻어 기억을 가두듯이

떠오르는 사람들의 등은 하얗고 둥글죠
하얗고 둥근 것을 증명하기 위해 수없이 버린 꿈들

나는
목에 긴 사슬을 두르고
뒤집힌 손바닥처럼 앉아 있어요

곧 떠날 것처럼,
아주 떠난 사람처럼

지붕 위의 새들은 밤새도록 이빨을 물어 나릅니다

또 누군가
헤어지고 있겠죠

있어도 거기 없고
없어도 여기 있는

다시 목구멍에서 귀가 자라고

평면 위에서

마시지 않아도 마신 기분이었다
기분만으로 죽을 수 있다면 영영 죽을 수도 있는

두 번 말하지 않겠다고 해놓고 세 번 말하는 사람이나
두 번 다시 하지 않겠다는 사람과 앞을 다투다 보면
뒤가 남아서

밀려오는 피로, 밀려온다는 말 대신 뭘 써야 할지 알
수 없는 파도
저절로 밀려와서 이명이 되는

왜 그랬냐고 물으면 뭘 그랬는지 떠올려야 한다 사정
이 끝난 뒤에는 아무것도 남지 않으니까 놀이터에서 혼
자 놀다 온 것처럼 말할 것이 없는데 자꾸 다그쳐서

제자리에서 오래 뛰다 보면

오각형은 어디로 튈지 모르니까 우리는 사각형이 되기
로 하자

뒤돌아볼 필요가 없으면 마음껏 달리는 기분이니까
기분만으로 해낼 수 있다면 지구를 굴릴 수도 있을 것
같으니까

　나는 오랜만에 공을 굴리고 싶고
　너는 오랫동안 공을 굴리고 있다

　왜 말하지 않았냐고 묻는 건 어디까지 말했는지 떠올
려야 하는 거라서 우리는 묻거나 대답하지 않았다

　뒤꿈치를 들어 올려도
　순서는 마찬가지였다

　남은 햇빛이 마저 돌아갔다

달리기

끝에서 끝까지 몸을 굴렸다
목덜미를 타고 얼굴이 자꾸 흘러내렸다

어떤 날은
몸에 난 멍 자국을 누르며 몸을 떨기도 했다 마치
새처럼,

새로 태어난 기분이어서
입을 벌리는

네가 달릴까, 물을 때

  질문과 대답이 몸을 만들었으나 나는 아직 내가 아니
었다 손바닥을 털면 떨어지는 손금들 부끄러울 때마다
손가락을 꼽았으나 늘 더하면 하나가 모자랐고 빼고 나
면 하나가 남았다

  누군가 의자를 끌고 가서
  의자가 거리를 끌고 왔다

정오가 숲을 숨기고 새를 펼친다 먼 곳 너머는 먼 집,
몸으로 집을 지을 수 있다면 나는 어디쯤 묻혀 있을까 뒤
를 돌아보면 앞이었고 다시 돌아서도 앞이었다

그러니까 나는 때때로 직전의 사람

의자 위에는 희미한 얼룩들
마치 소문처럼,
오래 떠돈 발자국처럼

머물까, 네가 물을 때

숨은 남거나 모자라서
입을 다물고

직전의 직전으로, 누구도 기다리지 않는 쪽으로

길들이 일어서고 있었다

남은 것과 남을 것

지평선을 안고 걸으면 구름이 몰려온다

낮은 구름 밑에는 더 낮은 나

내려갈 때에야 내려오는 것들이 있다
그때서야 보이는 것들이 있다

　신발을 벗으면 거기가 절벽이라 생각했다 그네가 흔들
릴 때마다 무릎 위에는 한 장을 접으면 따라 접히는 책

언제나

우리는 골고루 늙고
하루는 양지와 음지를 다 골라 먹고서야 갔다

못을 박는 자세와 못을 빼는 자세 사이에서
등을 지우면
했다와 한다가 남는다
있던 것과 있는 것이 남는다

남을 것만 남았다

사랑했던 날들을 지나 사랑한다 말한다 이해와 오해 사이의 책, 새들이 떨어질 때마다 책을 베고 잠들었다 밤마다 백발이 되는 꿈, 서정의 절기는 끝났고 나에게는 붉고 어두운 책등이 남았다

내려설 때에야 따라 내리는 것들이 있어

그림자 속에서 그림자가 걸어 나온다
쏟아진 물이 가장자리를 그리기 시작한다

아직, 끝의 행방을 알 수 없었다

Biei

끝이기를 바랐죠, 움직이는 허공과 숨죽인 들판

바람이 지표면을 쓸고 갈 때,
하얀 동공 속에서 검은 것이 떠오를 때

어디서나 나를 기다리는 건 눈, 눈을 덮는 눈구름, 안색을 지우고 다가오는 당신은 발이 없는 사람, 발이 없어 달리는 사람, 빛나는 땅과 검은 안개, 허공은 꽃잎처럼 뜨거워

공허를 지우며 눈이 내린다
눈이 다가온다
이윽고 시작되는 눈보라

등에 기댄 날들은 먼지가 되었죠 검고 멀어서, 깊고 어두워서, 지금은 무릎이 무릎을 묻고 눈이 눈을 가리는 시간 죄는 언제나 손바닥 위에서 반짝입니다 투명하고 캄캄한, 캄캄하고 분명한, 나는 얼마나 많은 발자국을 버리고 왔을까요

뒤집힌 나무들이 굴러가요 모든 것을 지울 듯이, 지운 것을 되돌릴 듯이, 온 곳으로 돌아가는 말, 손끝에서 시작해 혀끝에서 사라지는 말, 침묵 뒤에는 무거운 입, 당신은 얼어붙은 짐승처럼 어두워지고

나무가 나무를 지워 들판은 들판을 버리고 마지막이 마지막을 잊는 여기는

다시 가장 가까운 곳

내딛는 곳마다 또다시,
여기가 거기였다

적선동

어제를 밀어내며 나는 걷고 있다 낯선 곳에서 낯선 곳
으로, 잎들이 점멸하는 정오에서 숨을 멈추는 자정까지,
어깨가 무너지는 줄도 모르고, 얼굴이 지워지는 것도 모
르고

이 길은 언젠가 네가 아닌 너와 걸었던 길 골목에서 불
어온 바람이 타래처럼 몸을 감던 길 무성해지면 소문이
된다는 것도 모르고 그늘을 골라 나무를 그리며 내가 아
닌 나와 네가 아닌 네가 서 있던 곳

내가 아닌 나는 바라던 사람
네가 아닌 너는 모르는 사람

이 교차로를 지나면 이 길의 끝, 끝과 끝이 만나는 곳
에 서 있다 끝과 끝을 이으면 내일이 될까 나란히 선 사
람들 뒤에 서면 나란히 선 사람이 될까

어제를 밀어내며 나는 녹고 있다 안에서 밖으로, 잎들
이 까만 계절에서 바라는 쪽으로, 바래가는 계절로, 마치

오래전에 결정된 결정처럼
　단단하게, 미열도 없이

　잡았다 놓은 사물들은 바람이 되고
　놓았다 잡은 몸은 내일 쪽으로

　놀이터의 시소가 혼자 흔들린다 흔들지 않아도 흔들리
는 것이 그것의 균형이라면 흔드는 대로 흔들리는 것이
나의 하루, 길어진 손톱을 들여다보며 서 있다

　멀리, 더 멀리

　누군가 놓아두고 간 모자처럼 우두커니, 뒤집힌 채로

밤의 동물원

어제는 동물원에 갔다. 촛농 같은 어둠이 흐르는 한밤의 그곳. 행진은 끝났고 정곡과 결말을 피해 멀리 돌아온 사람들은 어두운 지붕 밑으로 돌아가네. 잠들지 마. 나는 흔들리며 흔들지만 너는 말이 없다.

우리는 사자를 본 적이 있고
나는 사자死者를 이길 수 없네

지평선을 지우는 북소리. 북소리에 발을 맞추던 시절. 하나가 되던 전체의, 전체가 되던 하루의 기억이 코피처럼 터진다. 지금은 거리가 늘어날수록 위와 아래가 바뀌고 손과 손이 엉키는 시간. 거꾸로 매달린 사지를 풀 길이 없는 나날.

죽는 것처럼 살고 싶어
사자는 너의 입을 빌려 울고

동물원의 우리와 우리 사이에 우리가 있어 이 길을 지키는 것은 후일담. 바람을 밀고 바람이 다가온다. 세상은

기울어지면서 분명해지고 줄어들며 단호해지는 곳. 수문
이 열린 허공에서 비가 쏟아진다. 엎드린 사람들의 방언
이 시작된다. 단지 동물원에 갔을 뿐인데.

  사자를 따라 잠든 사자를 보러 갔었지
  하루에도 몇 번씩 코피가 흐르고

  한 번 헤어졌을 뿐인데
  우리는 영영
  헤어진다

  둥둥,
  북소리 멀어진다

그곳

어둡고 좁은 시간이었다. 낮고 깊은 시절이었다. 입이 말을 비우는 계절이었다. 깊은 잠이 내내 좁은 길들을 지나갔다. 당신은 그곳에서 만나자고 했다. 나는 모르고 당신은 아는 곳이었다. 몸을 낮춰야 갈 수 있는 곳이라고 했다. 나뭇잎이 바스락거릴 때마다 경계와 한계가 멀어지는 곳이었다. 당신은 금방이라도 달아날 것 같은 표정으로 천천히 희미해지는 이름을 중얼거렸다. 우리는 재가 된 꽃을 쥐고 낮은 복도를 걸었다. 각자의 보폭으로 함께. 각자의 생각에 골몰하며 멀리. 나는 이곳이 끝이라고 말했고 당신은 그곳이 시작이라고 말했다. 많은 거리가 지나갔다. 많은 바람이 사라졌다. 자정과 정오 사이에서 사이렌은 오래 울었다. 매일매일 반복되는 일이었다. 나는 익숙하고 당신은 낯선 곳이었다. 차가운 손으로 뜨거운 이마를 짚는 계절이었다. 복도 저쪽에는 창이 걸려있었다. 잎들이 지고 입들이 흙에 묻히고 잎들이 발을 덮고 있었다. 우리는 제자리로 돌아갈 거예요. 나는 말하고 당신은 말이 없었다. 나는 없고 당신은 있는 곳이었다. 당신은 천천히 오라고 했다. 이곳이 저곳이라고도 했다. 나는 그곳이 어디냐고 묻지 않았다. 한숨처럼 길고 흐린 날

들에 대해 말할 수 없었다. 다만 나는 있고 당신은 없는
곳에서 당신은 있고 나는 없는 곳으로 우리는 걸어갔다.
제자리로. 각자의 자리로.

달은 날마다 조금씩 멀어진다.

천천히 그곳으로 간다.

희고 차고 어두운 것

무한의 방 그 방의 구석, 구석의 한가운데 앉아 있다. 주위에는 무수한 창. 창은 풍경을 되비추지 않는다. 다만 어떤 예감이 되어 지나갈 뿐. 흰 물방울이 흐를 뿐. 버려진 공처럼 구를 뿐. 그러니 점이 되기로 한다. 잠잠히 점이 되기로 하자. 어제 지운 상처와 내일의 상처 사이에서.

때로 사람의 기록과 사랑의 기록 사이에 갇힌다. 기억은 종종 기억을 버리고 기록이 되는 쪽을 택한다. 나는 기록을 지우는 사람. 지워지는 사람. 서쪽의 구름처럼 모여드는 이름을 되뇌는 사람. 어떤 겨움의 겹은 계단처럼 희다. 셀 수 없이 부풀어 오른다. 부드럽고 고소하게, 고소하고 따뜻하게.

슬픈 얼굴은 아름다운 그림자를 드리우고 이곳은 흑백의 첫 칸, 혹은 마지막 칸. 나는 계단의 구석, 구석의 가장 낮은 곳에 앉아 있다. 희고 차고 어두운 방으로 떨어지는 물방울이 되어. 똑똑, 풍경을 떠난 기억이 지나간다. 기척 없는 하루는 하루를 지우고 다시 하루가 된다. 흔적 없이, 내색 없이.

마지막 계단에서 처음의 계단을 향해

기록되지 않은 사실에서

기록을 버린 기억 쪽으로

기적 없이 나는 잘 살고 있다.

남아 있는 부사

우리가 말이 된 적이 있었을까

수많은 바람이 입술 위를 지나갔다 좀더,라고 말하면
다정한 사람이 될 거 같아 어제보다 오늘은 따뜻하니까
자꾸 욕심이 나서

누군가 빠져나갈 때마다 손가락을 빨았다
한 몸이 되기 위해
하나가 되기 위해

걸핏하면 몰려다니는 구름, 쥐어짤수록 몸집을 불리는
소문, 세다 보면 손가락이 모자랐고 하나를 꼽으면 남는
것이 없었다 너무 멀리 온 구름과 너무 많이 간 소문은
나보다 먼저 가고 먼저 와서

누군가 부르면 전력을 다해 달아났다
잘 들으려고
잘 참으려고

말을 줄일수록 착해지는 것 같아서
울다가 웃었다 사랑도 자랑이 아니어서
혼자 울고 혼자 웃었다

 이제부터가 진짠데 일어나면 자리가 모자랐다

하지만 나는 늙어
그래
너도 늙어*

 우리는 등을 숨기고 멀어졌다 멀어지다 멀어지면 정말
멀어져서 팔다리가 모자랄 때까지 멀리 갔다

 겨우 놀릴 수 있는 혀만 남겨두고

* 김효나, 「이사」(『2인용 독백』, 문학실험실, 2017)에서.

그린란드

    환승역에서 알았죠 집은 떠나는 순간부터 사라지는 곳이라는 걸
    손에 쥔 사랑은 이미
    손댈 수 없는 사랑이라는 걸

    움직이지 않는 계단과 잃어버린 이름이 되살아나는 새벽 나는 떠나온 곳과 돌아갈 곳 사이에 앉아 있어요 쏟아진 물처럼 어제의 눈보라가 오늘을 지우며 지나갑니다 새들은 이따금 숲의 모서리를 허물며 날아가고 창밖은 만년설, 만 년쯤 흘러가면 집에 도착할 수 있을까요 도무지 어제의 나를 흘릴 곳이 없습니다 내일의 나를 주울 곳이 없듯이

    떠나온 곳의 인사법은 볼을 비비는 것 돌아갈 곳의 인사법은 말없이 허리를 꺾는 것 나는 어떤 인사법도 익히지 못했습니다 그저 당신 너머 당신을 볼 뿐 그게 나의 인사법 인사는 말이 아니니까 거의 모든 곳의 말들이 기억나지 않습니다 다만 손을 뻗으면 손을 꺾는 우연을 좋아했을 뿐인데 내가 가리키는 구름마다 찢어집니다

얼음은 어디에나 있고 어떻게든 녹지만 출발한 나는 아직 떠나지 못했습니다 다만 이곳과 그곳의 시차가 되어 여기는 시작과 결말로부터 먼 곳 숲을 지나는 사람들의 목은 길고 눈은 깊어서 길고 깊은 침묵이 눈의 결정을 만들겠죠 아름답고 차가운, 차갑고 날카로운 눈들이 하늘을 무너뜨립니다

공전과 자전이 우리의 주기를 만들듯
태양과 흑점이 서로를 견디듯

찢어진 구름이 지나갑니다 나를 향해 손을 뻗는 나와 무너지는 세계 안에서, 밀어내는 마음과 다가오는 마음 안에서, 믿을 수 없는 세상이 믿을 수 없이 싸늘해지는 사이로 비행기가 날아갑니다 비행기가 돌아옵니다

흔들리는 노래

흔들어보았으나 아무것도 흔들리지 않았다. 바람은 아무 쪽에서나 불었고 나는 아무 쪽으로나 걸었다. 잎이 흔들릴 때마다 숲의 동공洞空은 커진다. 빈 것은 아름답고 아름다운 건 깊은 것. 깊은 곳을 바라볼 때마다 가까운 것들은 멀어진다. 책장과 의자의 거리. 도마와 칼의 거리. 자주 눈이 시리고 시린 눈에 손가락을 베인다. 흔들리며 흐려지는 몸. 구름은 읽기도 전에 재가 되었고 재는 죄가 되었다. 태어나기 전부터 알고 있었다. 태어나는 것처럼 죽으리라는 것. 죽는 것처럼 노래하리라는 것. 노래하는 것처럼 살게 되리라는 것. 사는 것처럼 다시, 헤어지리라는 것. 죽으리라는 것. 잘못한 건 없었지만 죄는 사라지지 않았다. 흔들어보았으나 언제나 흔들리는 건 나였다.

안녕, 안녕.
되풀이하면 진짜가 되는 계절

모든 것이 제때 사라지고 있었다

두 번씩 손을 흔들며

기어이 손을 흔들며

바람이 우리를

죽은 개가 누워 있다 목이 졸려 혀를 빼문 개

둘이 되었다
머리 없이, 심장 없이

나를, 빌려줄까
머리는 어깨를 전제하고
어둠은 구멍을 그리워하듯

어떤 세계는 너무 작아
나는 목줄을 끌며 오래 생각한다
잔은 물을 규정하고 목줄은 삶을 규정하니까

옥수수밭에서 불어온 붉은 바람이
우리의 골격을 핥는 저녁

너는 목숨 줄이라고 했다
네가 놓은 것이
내가 놓친 개가

혀를 빼물고 할 수 있는 건
혀를 깨무는 것뿐

모래가 된 몸이 날아간다
머리 없이, 심장 없이

할 일이 없을 때는
사람의 기억을 떠올리지 않기로 하자
순서와 두서는 종종 혼동되니까
꼬리와 몸통은 가끔 뒤바뀌니까

빛을 줘, 그림자를 빌려줄게
어깨를 빌려줘, 목을 내줄게

*

가장자리를 물고 개가 뛰어간다

가고, 간다

가능하면 먼 곳으로

이상한 계절

돌아누울 곳이 없는 밤입니다

모닥불은 꺼지고
부풀어 오르는 구름들이
점점
먼 곳으로 흘러갑니다

찢어진 하늘에 매달린 맨발들을 따라가면
물 위에는 검은 무덤

섬들이 떠내려갑니다
간혹 이름표도 떠오릅니다

버려진 신발에 발을 넣어보는 일은
어제로 조금 다가가보는 일
나의 생에 당신의 먼 생을 포개보는 일

잃어버린 말과 잊지 못할 이름들 사이에 서 있습니다
영영 가지 않는 어제와 오지 않을

내일 사이에서
아직 내게 남은 부위를 확인하는 밤입니다

점점
달은 기울어
발목을 자르고 흘러가는 구름들

우리의 시간은 콕콕 소금을 찍어 먹듯 간결해졌습니다

사실은 그뿐입니다

떠난 적 없는 사람들이 내내
돌아오지 않는
이상한 계절입니다

없어요

그 사정이야 내가 다 알 수 없겠죠

어느덧 길어진 그림자가 우리의 발끝을 적실 때

밀려가는 빛

뛰어도 뛰어도 뛰지 않는 심장을 가진 적이 있었죠 하
나, 둘……

염소의 뿔처럼 하나, 둘……

목이 긴 새가 오래 물속에 부리를 묻고 있는 이유를 물
을 곳이 없어요

먹어도 먹어도 배가 부르지 않은 알약을 콕콕 찍어 먹
었죠 하나, 둘……

반을 쪼개도 반이 되고 다시 쪼개도 반이 남아 언제나
하나, 둘……

나무는 위에서 아래로 쏟아지는데 나는 더 이상 자라
지 않는 이유를 말할 곳이 없어요

그리다 만 지도는 천천히 없는 쪽으로 흘러가고요

적색운赤色雲이 밀려오면 우리는 각자의 안색으로 물
들겠죠

붉고 파랗게, 파랗고 캄캄하게

나는 아주 멀리 떨어진 곳으로 가요

어디로부터 떨어져 있는지는 모르겠지만* 그 사정이
야 누가 알겠어요

밤은 가라앉고 남은 것은 아무도와 아무것

아무도 없어요

아무것도 없어요

* W. G. 제발트, 「암브로스 아델바르트」(『이민자들』, 이재영 옮김, 창비, 2008)에서.

3부

기척없는 기적은 일어나지 않아도

중얼거리는 나무

때로 없는 것을 두 번씩 떠올린다 창과 창, 살구와 살
구, 그늘과 들판에서, 바람이 서로를 부둥켜안는 자정의
들판에서 사탕을 굴리듯 입안에서 구르는 말들 혀끝에서
닳고 녹다 끝내 사라지는 이름들 밤은 까마귀처럼 검은
날개를 펼치고 나는 나를 물고 가는 어둠에게 두 번 말한
다 말할 수 없습니다, 할 말을 찾을 수가 없습니다 말을
잃은 뒤에는 말할 수 없는 시간이 온다 원근법 너머, 그
너머에서 너머까지 우리는 잃어버린 짐승처럼 떠돈다 희
망 없이, 희망 없이도 나는 두 번 울고 두 번 다짐한다 두
번 다짐하고 매번 흔들린다 미끄러지는 새들이 허공을
연다 들판이 흔들린다 풀들은 날아오른다 그늘과 그늘,
들판과 들판, 다시는 돌아가지 않을 어제의 들판, 그곳에
서 나는 두 번 쓰고 두 번 읽는다 가지와 가지의 행간 속,
풀과 풀의 간격 그 바깥에서

희망은 늘 없는 쪽에 그림자를 드리우고

나는 중얼거리며 부푼다 차가운 숲에서 드러누운 나무
의 꿈속까지 손을 흔들며 기어이 검은 손을 흔들며

뜀틀

이따금 발을 구르면 천장이 무너졌다 하나에 하나를
더하면 무한이었고 하나에서 하나를 빼도 하나가 남았다

시작은 알 수 없고 절정은 먼 날

그런 날은
가장 먼 곳부터 시작해
주머니를 뒤집어 웅덩이를 쏟아놓고 천천히

너는 기어코 나를 떠민다 어떻게든 내가 나인 것을 증
명하라고 층층이 나를 가둔다

뻗는 순간부터 팔은 변하기 시작한다
어쩔 줄 모르겠다는 듯이
어쩔 수 없다는 듯이

너희들 틈에 나를 끼워줄 수 있을까
제자리 뛰기를 하는 아이들아
운동장을 쏟아놓는 구름들아

몸을 펼쳐봐, 할 수 없던 일들이 가능해지도록

쏟아진 웅덩이에서 그림자가 흘러나온다 어떤 시작은
불가능하고 결말은 아직 알 수 없어서 우리는 언제나 조
금 남거나 부족했다

발을 구를 때마다 하늘이 깊어진다 가라앉을 때마다
누군가 내 몸속을 다녀간다는 생각 한사코 나를 주저앉
히는 건 마지막까지 서 있는 사람들

해는 점점 짧아진다 부러뜨릴 수도 없이

부러져서 나눌 수도 없는
웅덩이가 불타기 시작한다

철봉

귀를 맞춰 몸을 접었다 머리가 무릎이 되고 손이 발이
되도록
그게 사람이 되는 길이라 했다

빙글빙글 돌 때마다 공터는 조금씩 좁아졌다 다 털고
난 뒤에야 제자리가 생겼다

아무 데나 매달리는 아이들 지붕 위에는 중얼거리는 바
람들 너라고 불리는 아이와 너였던 아이와 네가 될 아이
가 나를 불렀다 손에 닿지 않는 가지들이 우리를 도왔다

손목을 비틀어볼까
뭐라도 되게
뭣도 아닌 것이 아니라면
아무렇게나 매달려 흔들어볼까

갈 곳이 없을 때마다 위와 아래를 바꿨지만 여전히 위
와 아래는 자랐다 누군가 빠져나가면 누군가 들어오고
고개를 흔들수록 선명해지는 그늘

너와 내가 뒤바뀌는 자리에 햇빛이 고인다 우리는 그
그림자 안에서 어제의 단추를 뜯고 오늘의 구멍을 찾는
다 침을 발라 서로의 그늘을 문지르며

　　그것만으로도 나은 사람이 될 거라 했다
　　애초에 몰랐던 사람처럼

　　위아래도 없이
　　한밤이 공터에 공터를 쏟아낸다

　　돌다 보면 어느새 말라버리는

오늘의 기분

그것에 대한 이야기라면 질릴 만도 하다 어제의 구름
이 그런 것처럼

손을 내밀면 뺨을 내미는 뺨들
부끄럽지도 않니
물으면
온 바닥이 환했다

알았으면 좋았을 일들
알았지만 몰랐던 일들

귀를 막을 때마다 비행기가 낮게 날았고
나,라고 말할 때마다
모자를 뚫고 귀가 자랐다

손으로 읽고 입으로 지워야 하는 말들을 털고 일어나
면 계단이 한발 물러섰다 한 발로 서는 연습을 했다 발을
빼면 부끄러움이 덜하니까

철도 모르고 하얗게 질린 바람

쉬지 않고 흔들면 언젠가 넘어진다 돌아간 뺨이 제자
리로 돌아왔을 때 비로소 구석은 생겨나고 해를 손톱으
로 가리면 어떤 기분이 느릿느릿 걸어 나왔다

울다가 웃고 싶은 기분
웃다가 달려 나가고 싶은 기분
한 입으로 너무 많은 일을 하고 있다는 기분

뜨거운 평화에 대해서라면 알 만큼 알지만 오늘은 어
쩐지
입을 틀어막고 싶어

뭘 더 봐야 할 것이 있다는 듯이

소스라친 새들이 한꺼번에
울음을 터뜨린다

십일월

나는 다시 태어났지
태어나서 가장 먼저 한 일은 땅을 파고 집을 지은 일

깊고 좁은 길을 지나 숲으로 드는 길에
높고 어두운 숲을 지나
들판으로 향하는 길에

점점
눈 내린다

손바닥을 털면 쏟아지는 눈보라
구멍마다 들이쳐서 구멍이 구멍을 막는

재채기를 할 때마다
여기가 여기라는 생각
머리를 감싸 쥘 때마다
여기도 거기는 아니라는 생각

멍 자국이 희미해지면 몸도 따라 희미해졌다

별 생각 없이 태어나서 가는 곳마다
절반이 모자랐다

오늘은
엎드린 씨앗처럼 거꾸로 자라야지
그러다 보면 부르지 않아도
돌아보게 될 거야

혼자 노는 개처럼

오다가다 만난 사람의 손바닥을 쥐고
다시 돌아와서

울 때만 멀리 갔다 오거나
서랍을 열고 서랍이 되었다

새가 새로

그건, 너였을까 나였을까

누군가
새의 몸을 밀고 지나갔다

나뭇잎이 날아간다 몸속을 말리는 나무를 말릴 수 없다 다만 단번에 쓰러져 한 번에 뜨거운 화석이 될 거야 사방으로 튀어 올라 희미해지겠지 찢기고 부서지고 뒹굴고 갈라지며 새 계절이 오듯이

어떤 생의 배경이 되는 생이 있다
어떤 새를 닮고 싶은 정물도 있다

내 눈이 나를 두고 굴러간다 이제 먼 곳을 읽을 수 있을까 허공은 잘 익은 공처럼 튀어 오르고 햇빛이 잘린 손목처럼 뜨거운 날

몸을 섞은 적 없는 바다를 굴러
바다를 지나

아무도 내게 꽃을 건네지는 않겠지만 나는 이미 꽃 모
가지도 능숙하게 다룰 줄 알지 목 잘린 꽃대가 수상하게
흔들린다 바퀴에 깔린 생이 으레 그렇듯 내 몸을 지나간
발자국들이 지평선을 만들 거야

　떨어진 은행이 진물을 흘리는 계절
　남은 자만 남겨진 자를 돌아본다

　새가 될 거야,
　새로 살겠지

　영영

　몸이 사라진 새가
　흔들린다
　내 몸을 가르고 달려가는 길들이
　멀어진다

날개가 여기 있다는 걸 잊고
날개가 거기 없다는 걸 모르고

1인용 식탁

일기를 잃어버린 사람처럼 앉아 있다. 백지의 갈피를 찾을 수 없다. 손끝으로 빠져나간 건 말이 아니라 몸, 몸이 없는 말들. 파카르 담레이 마와르.* 그건 아직 태어나지 않은 구름들의 미래. 돌아오지 않을 사람들이 조금 그리운 밤이다. 밤의 식탁은 으레 그렇지. 식욕을 잊어버린 식탁은 1인용 식탁. 다음 생에는 네 개의 다리를 가져야지. 다리로 사는 생. 두 팔은 멀어지고 각이 사라진 필체는 비스듬해서 다가오는 내일은 파카르 담레이 마와르. 날아오르는 정적, 침묵 속의 바람은 지나친 바람. 지나갈 바람들을 중얼거린다. 지금은 다만 있다,로도 충분한 세계. 1인용 식탁처럼 갈라지는 세계. 나는 감정을 잃어버린 사람처럼 엎드려 다만 파카르 담레이 마와르, 파카르 담레이 마와르. 뼈만 남은 물고기와 코를 지운 코끼리가 어두운 백지 위를 줄지어 지나간다. 언제나 백지는 캄캄한 법이란다. 나는 쌀밥을 꼭꼭 씹으며 나를 토한다. 우리에게는 아직 오지 않은 생이 있다. 먹어도 먹어도 쌓이는 생이 있다. 1인용 식탁 앞에. 비가 내리는 1인용 식탁 앞에.

* 태풍의 이름들.

전날의 산책

빛이 흐른다. 새벽에서 아침으로. 계단에서 계단으로. 가지에서 허공으로. 나에게서 너에게로. 이런 날에는 전날을 생각하지 말자. 다가오는 모퉁이들을 상상하지 말자. 눈앞에는 멀어지는 등들. 수평선을 흔들며 달려가는 붉고 푸르고 검은 깃발들. 어리고 외롭고 쓸쓸한 그림자들.

다가오며 멀어지는 것
멀어지며 다가오는 것

우리들은 점점 흐려진다. 흐르는 빛과 지나가는 안개와 돌아오는 길이 그런 것처럼. 눈물이 차오를 때마다 낯선 길들이 이어진다. 흐려지며 흐릿한 것을 말하고 낯설어지며 낯선 길을 간다. 검은 물빛을 지나고 낡은 거미줄을 지나고 주저앉는 각자의 지붕들을 견디는 텅 빈 도심 쪽으로, 무심하게 내일 쪽으로.

그건 그대로 좋다
지금 이대로가 좋듯

그늘이 고인다. 너는 말하고 나는 받아 적는다. 너는 울고 나는 빈칸을 넘어선다. 너는 쓰고 나는 운다. 쓴 것을 읽으며, 읽은 것을 잊으며, 잊은 것을 다시 쓰는 동안은 전날의 전날이 된다. 우는 동안은 모퉁이들을 상상하지 말자. 상상이 우리를 이끌었으나 여기는 우리에게서 가장 먼 곳. 배들이 돌아올 시간이다. 우리가 길어지며 가까워지는 시간이다.

다시 빛이 흐른다. 그늘이 따른다. 아침에서 아침으로. 너의 이마 위에서 나의 손등 위로. 모든 것에서 모든 것으로.

언덕들은 모른다

밤새 바닥을 더듬었다
무엇인가가 되지 않기 위해

푸른 입술은 검은 말 안에
붉은 손끝은 검은 눈 안에

너는 호호 웃었다
입을 가린 손으로
말을 부르지 않기 위해
더는 말을 섞지 않으려고

흔들릴 때가 있죠
어둠은 그런 것

믿을 수 없을 때도 있어요
으레 슬픔은 그렇게 시작되는

그런 것의 그런 것

검은 말 너머에는 푸른 손들이
검은 눈 밑에는 헛된 바람이

막이 오른 적은 없지만 우리는
손을 가린 어둠 쪽으로
호호
입김을 불었다
살기 위해, 다시
살기 위해

으레 그런 것이라 여기며
으레 그런 것이라 믿으며

각자의 생에 골몰한 골목에서
이마가 푸른 아이가 지나간다

더는 버릴 것이 없는
바닥이 오래 나를 쓰다듬었다

믿음

어떤 날은 지나고 난 뒤에 시작된다

영원히 달려오는 지평선들

한낮에도 앞을 더듬었다 많아서 보이지 않는 것, 보이지 않아서 전부인 것, 일부가 되어 전부를 바라보는 것, 이토록 사소한 것, 무력한 것

창밖에는 우는 사람

나는 손을 감추고 너를 위로한다

울지 마
웃지 마

되는 일은 없었다 일이 목적은 아니므로 누구나 아는 이야기를 할 뿐 버린 것과 버려진 것 사이에서 펄럭일 뿐 바람을 발목에 감고 끝없이 이어지는 모퉁이를 쓸며, 모퉁이를 돌아

얕은 한낮에는
발목을 자르는 꿈

오래된 얼굴은 내 입을 막으며
걸핏하면 울었다

내가 니 어미라고
네가 내 자식이라고

어미와 자식 사이에서 나는 무엇이 될까 내가 넘어질
때까지, 넘어진 그림자가 다시 일어설 때까지 무엇도 되
지 못하고 아무것도 아닌 어떤 날

골목이 닫힌다

창 안에는 정숙한 의자가 놓여 있고
두 발이 놓여 있다

바닥부터 썩어가는

주말의 영화

오늘 아침에는 날개 없이도 떨어질 수 있을 것 같아 간밤에 벗어놓고 온 내 발은 춤추며 떠나가고 나는 책상처럼 흐트러져

알 수 없는 시간에서 할 수 없는 시간까지

지나간다 왼쪽에서 오른쪽으로, 혹은 오른쪽에서 왼쪽으로 나뭇잎이 떨어지는 동안, 잎이 날리는 동안, 믿을 수 없는 어제가 지나갔고 분명했던 내일이 사라졌다 믿음 없이도 기차는

극에서 극으로, 원경에서 원경으로

이 세기의 해안은 바뀌었고 섬이 사라진 자리에서 읽을 수 없는 부표가 떠오르기도 했다 울지 않으니 웃지 않아도 좋았다 날마다 절벽은 흘러내렸고 돌아가는 사람들의 어깨에는 낯선 소실점이 걸린다 우리는 밤마다 호두처럼 웅크리는 법을 연습한다

할 수 없는 시간에서
알 수 없는 시간까지

잎이 떨어진다 어떤 세상은 시작되고
한 세상이 끝났다

문이 닫히기도 전에,
내가 귀를
가두기도 전에

갈 데까지 다 가고 나서야

언젠가의 석양

그림자가 넘어진 쪽으로 걸었다
걸을 때마다 얼굴이 흘러내렸다

고개를 비튼 새들이 이따금
내 머리를 쓰다듬어서

사라진 만큼 자꾸 생겨나

그러니, 남은 저녁을 너에게 돌려줄게
없던 일도,
있던 일도 아니었으니

손을 뻗으면 움츠러드는 잎들
손가락을 대면 지워지는 입술

말을 바꿀 때마다 앞과 뒤가 달라졌다

눈 속의 이끼처럼
이끼 속의 눈처럼

잘린 말이 꼬리에 꼬리를 물고 자꾸 죽어서
살아 있는 오늘은
무엇이 되어 영영 헤어질까

돌아보면 뒤돌아보지 않기 위해 돌아서는 네가 손을
흔든다

나는 느릿느릿 나를 베고 일어나

다시
캄캄한 너머 쪽으로
밟고 일어난 풀들이 가리키는 쪽으로

큰 새

큰 새가 날아간다

구름 너머 구름 밖으로
교차로 너머 교차로 밖으로

날마다 새는 날고 나는
운다
새는 날면서 울고
나는
울면서 늙는다

날개는 깊고 검은 것
부리는 길고 붉은 것

깊고 붉은 하늘이 길고 검은 길들을 덮는다

쓰다 만 어제와 쓰다 말 오늘 사이로 지나가는 개는
울지 않는 개

울면서 태어난 아이들은
운동장 바깥으로 달려간다

얼굴 없는 기억이 타오른다
불타는 숲에서 허공이 흘러나온다

새를 보내고 나는
쓴다

점이 된 새라고 쓰고
새가 된 점이라고 읽는다

날마다 새는 울고 나는
잠든다
새는 울면서 자라고 나는
자면서 운다

점점이
꽃잎처럼 떨어지며
떨어진 꽃잎처럼 바스락거리며

구석의 세계

구석이 구석을 끌어당기는 저녁입니다
말이 말을 밀어내고
책상이 의자를 밀어내는 나날이고요

차고 어스름한 나는
벽처럼 얇아집니다

구름이 떨어지고 빈집이 따라가는
그사이

흐르고 번지고 증발하는 말들
낮고 흐린 대기 속을 떠다니는 물들

종을 쥔 아이들이 지나갑니다
흔들리는 것은 종의 일이고
흔드는 대로 흔들리는 것이 우리의 일

지나간 바람의 행방을 알 수는 없지만
지나갈 바람의 경로를 알 수는 있지만

예고 없는 바람이 문을 여닫는 계절입니다 들판이 들
판을 지우고 나무가 나무를 지울 때 사물과 사물의 거리
에서 빛은 점멸하고 우리는 손바닥을 감춘 채 어제를 돌
려세웁니다 이곳이 저곳이 될 때까지, 저곳이 안 보일 때
까지

　빈 벽이 햇빛을 쓸어내리고
　풍경이 어둠을 끌어 내리는 시간입니다

　한 장의 종이가 하나의 세계를 펼쳐놓듯
　구석이 모든 구석을 끌어안는 한때입니다

　흔들리는 소매가 말라가는

어떤 날의 사과

사랑하지 않지만 사랑했던 날을 기억한다. 희고 차고
어두운 허공을, 희고 차고 어두운 그 무한의 방을. 나는
하나의 음정을 무한히 반복했다. 드물게 분명했던 어느
날. 공원의 의자와 잔디는 얼어붙고 핵심은 내내 침묵하
던 어떤 날.

떨어진 사과를 바라보던 나날들
사과처럼 둘이 되는 나날들

무릎을 꿇은 건 실수가 아니었다. 말을 찾을 시간이 필
요했을 뿐. 혀를 놀리는 법을 알지 못했다. 웃지 않기 위
해, 울지 않기 위해. 과장을 버리기 위해 내가 버린 진심
들. 말이 될 수 없는 계단, 그 계단을 지난 적이 있다. 날
아오르듯 떨어지고 떨어지는 심정으로 날아올랐다. 한순
간의 고요 속에서 솟아오르는 감정들. 기억은 내부가 되
고 나는 바깥이 된다.

미안해요.
나는 나의 주름을 드러내며 말한다.

그러니 미안해요.

사과는 중력을 증명했고
중력은 시간을 증명했다

오래된 의자처럼 앉아 있다. 길어지는 문장을 자르며
숲에서 나온 새가 허공을 가른다. 낮고 무거운 눈이 온다.
길고 어두운 눈이 올 것이다. 끝없이 갈라지는 손가락을
따라간다. 그날의 의자와 잔디가 지워진 건 오래전의 일.
사랑했지만 끝내 사랑하지 못했던 날들을 기억한다.

떨어진 사과를 바라본다
굴러가는 사과를 따라간다

머리 위의 바람

지난밤은 하얗고 지날 하루는 길어요
넘어질 때마다
벽이 되는 상상을 하죠
자라지 말고
울지도 말고
단단하게
절벽처럼 단단하게
젖어도 흐르지 않아서
무너져도 아프지 않을
꿈에는,
겨우 숨을 쉴 수 있는 꿈에는,
엄마와 당신이,
본 적 없는 엄마와 외로운 줄 모르고 외로운 당신이
마른 얼굴을 닦아줄 때
슬픈 얼굴을 쓸어줄 때
서로의 그늘이 되고
그늘이 그늘로 짙어져서

마지막에 남는 것은

이제 들어갈 수도, 나갈 수도 없는
옛날의 마음

웅크렸던 새들이 날아올라요
하나인 것처럼
둘인 것처럼
빛이 퍼져나가듯
후드득 빗방울이 떨어지듯
잎들이 흔들리는 거기에는
어깨와 어깨가 모여들어
젖은 바깥이 안이 되는
거기에는
내가 있고 내 뒤에는
바닥없는 당신이 있어서
기척 없는 기적은 일어나지 않아도
내일은

사람이 되어요

다시없는,

사람들이 되어요

구석으로부터의 타전

조강석
(문학평론가)

1. 모놀로그 드라마

총 3부로 구성된 김선재의 두번째 시집 『목성에서의 하루』는 응축과 확산을 전개하며 자신의 자취를 조정하는 내밀한 방에 비견되며 변화무쌍한 자취를 조율하는 시어는 바로 그 내밀한 방의 자취를 그리는 위상기하학에 비견된다. 안과 바깥, 위와 아래라는 물적·심적 '방위사方位辭'들이 시집 곳곳에서 반복적으로 사용되면서 공간의 규모를 수시로 조절하고 있음은 물론이고 지평선, 해안선, 테두리, 가장자리, 모퉁이, 구석과 같이 경계를 지시하는 시어들이 빈번하게 등장하여 일종의 언어적 프런티어로서 심리적 변경의 수축과 확장을 주관하고 있기 때문이다.

　같은 맥락에서 말해보자면『목성에서의 하루』는 일종
의 모놀로그 드라마를 연상시킨다고 할 수도 있겠다. 서
정시란 말을 거는 척하면서 살짝 등을 돌리는, 일종의
'엿듣는 발화'(노스럽 프라이)라는 정의에 비추어서 그
렇다는 것이다. 아마도 노스럽 프라이의 이런 정의에 이
시집만큼 부합하는 경우도 오히려 드물 것이다. 시집에
실린 작품 거의 전편이 바로 이런 방식의 독백, 아니 정
확히 말하자면 방백(傍白, aside)으로 발화된다. 그런 의
미에서 시집 도입부에 놓인 다음 구절과 해당 시의 제
목은 주제나 형식에서 공히 살짝 비껴 선aside 이의 말
건넴이 개시됨을 알리는 프롤로그라고 할 수 있다.

　　일어선 다음에는 어떻게 해야 할지 몰라서
　　제자리 뛰기를 했다

　　습관처럼 창문은 높고
　　바닥은
　　끝 간 데 없었다

　　　　　　　　　　　　　　　　　　─「백白」부분

　'백白은 아마도 이 시집의 전반부에서 주요한 시간적
배경으로 성립하는 여름과 관계된 것이겠지만 한편으

로는, 앞서 언급한 것처럼 이 시집의 핵심 주제가 심리 자취의 위상기하학임을 공시[白]하는 것이 아닐 수 없다. 위에 인용된 시는 자신의 자취를 구하는 이의 독백이 아니고 무엇이겠는가. 이런 양상은 다음과 같은 예들을 통해 더욱 확연해진다.

밖은 길고 안은 어두웠다

—「부정사」 부분

안과 밖에서
걸핏하면 열이 들끓었다

—「그날 이후」 부분

가끔 안을 도려내고 바깥이 되기도 했다

—「눈사람」 부분

창문이 정지하고 안은 쏟아진다 쏟아지는 안을 닫을 길이 없다 그곳에 닿을 길이 없다

—「한낮에 한낮이」 부분

맴돌다 보면 어깨가 생기고
위와 아래가 생겼다

—「하지」 부분

갈 곳이 없을 때마다 위와 아래를 바꿨지만 여전히 위
와 아래는 자랐다 누군가 빠져나가면 누군가 들어오고 고
개를 흔들수록 선명해지는 그늘

—「철봉」부분

인용된 부분들 외에도 유사한 예를 이 시집의 곳곳
에서 찾아볼 수 있다. 물론 이와 같은 발췌로는 아직은
자취를 구하는 그 대상의 위상과 모양이 어떤 것일지를
가늠하고 그 의미를 자세히 헤아려볼 수 없다. 그러나
분명하게도 안과 밖, 위와 아래로 가두리가 새겨지는 무
엇이 존재함을, 그리고 이 언어가 그것의 위상과 자취를
더듬는 언어임을 확인할 수는 있다. 앞서 언급했듯이 지
평선, 테두리, 가장자리, 모퉁이와 같은 시어들이 시집
에서 반복적으로 전경화되고 있다는 것 역시 이와 무관
하지 않다. 이 시어들은 마음의 자취를 새기는 위상기하
학의 일환이라고 할 수 있을 것이다. 그리고 아마도 이
런 방식으로 우리 앞에 적시된 이 사태를 보다 명료하
게 전시해 보이는 것은, 전체 3부 구성의 계획이 뚜렷해
보이는 '플롯'의 고유한 '형식 의지'를 반영하듯, 시집의
가장 앞머리에 놓인 다음과 같은 시일 것이다.

가도 가도 여름이었죠. 흩어지려 할 때마다 구름은 몸

을 바꾸고 풀들은 바라는 쪽으로 자라요. 누군가 길을 묻는다면 한꺼번에 쏟아질 수도 있겠죠. 쉼표를 흘려도 순서는 바뀌지 않으니까. 곁에는 꿈이니까 괜찮은 사람들. 괄호 속에서 깨어나는 사람들. 지킬 것이 없는 개들은 제 테두리를 핥고 햇빛은 바닥을 핥아요. 나는 뜬눈으로 가라앉고요. 돌 속에는 수많은 입들이 있고, 눈을 가린 당신이 있어요. 빗소리는 단번에 떨어져 수만 번 솟구치고요, 앞도 뒤도 없이 일제히 튀어 오르는 능선들. 갈 데까지 가고서야 공이 되는 법을 알았죠. 잎사귀처럼 바닥을 굴러 몸을 만들면, 바람을 숨긴 새처럼 마디를 꺾으면, 안은 분명할까요. 뼛속을 다 비우면, 바깥은 안이 될까요. 아직 가도 가도 어둠이에요. 하루가 가도 하루가 남는, 손을 뒤집어도 손이 되는. 그러니 당신, 쓴 것을 뒤집어요. 다시 습지가 될 차례예요.

—「열대야」 전문

이 시는 우리 앞에 놓인 한 심리적 움직임의 자취를 구하는 데 필요한 일종의 전제 혹은 공리 들을 제공한다. 틀림없이 '엿듣는 발화'의 형식으로 발화되는 이 시를 통해 우리는 이제 막 운동을 개시할 준비를 갖춘 하나의 마음이 어떤 출발의 조건 속에 놓여 있는지를 헤아려볼 수 있다.

이 시에는 이 시집에서 중요하게 전개되는 이미지들

이 자신의 정확한 위치에 자리잡고 있다. "가도 가도 여름이었죠"라는 말은 자연스럽게 앞서 살펴본 '백白'과, 그리고 "흰 계절의 감옥"(「거리의 탄생」)과 같은 이미지와 연결된다. 이 시에서 두드러지는 구문론적 특징, "가도 가도" "쉼표를 흘려도" "손을 뒤집어도" 등의 양보 구절이 드러내는 의미 구조 즉, 어떤 한계 상황 속에서의 모색 ― 이것은 본래 수사적으로 아이러니에 대응하는 것이다 ― 과 결합하여 '여름'은 백일하에서 힘겨운 모색을 거듭하는 시간으로 제시된다. 그리고 이 시집의 중심 이미지를 구성하는 두 벡터 즉, 위와 아래로의 '쏟아짐'과 '튀어 오름' 그리고 안과 밖으로의 몰입과 탈주가 다시 연동하여 운동 그 자체의 이미지를 우리의 눈 앞에 내밀어놓는다. 들뢰즈의 선례가 있어서 개념의 엄밀함이라는 척도에 비추어 보아야 할 처지에 있긴 하지만 여기에 하나의 '운동 이미지' 그 자체가 적확하면서도 수일한 심리적 방위의 이미지들과 함께 적시되어 있다고 할 수 있다. 그에 따라 이 시는 추후 세 가지 국면이 구체적으로 탐색되어야 함을 일러주고 있다.

"개들은 제 테두리를 핥고 햇빛은 바닥을 핥아요"에 제시된 테두리와 바닥 인근의 정황, "갈 데까지 가고서야 공이 되는 법을 알았죠"에서의 심리 운동 양상, "바람을 숨긴 새처럼 마디를 꺾으면, 안은 분명할까요. 뼛속을 다 비우면, 바깥은 안이 될까요"에서의 변경 확장과 전환의 논리 등이 그것이다. 이 세 가지 국면은 이 시집에 그려진 '편력'의 뼈대를 이룬다. 이를 살펴보기 위해 우선 하나의 방 이미지를 들여다보자.

2. 내밀성과 확산의 임계

의자 위에는 읽다 만 책이 놓여 있다. 새가 날아오를 때마다 숲은 자욱해진다. 꽃이 떨어질 때마다 하늘은 멀어진다. 멀고 깊고 어두운 마음이 있다. 서랍에서 낡아가는 말이 있다. 할 수 없는 말이 있다. 슬픈 잠에 빠진 말이 있다. 밖에서 안을 찾아 헤매던 날들은 멀어졌다. 서로의 얼굴을 더듬던 날들을 기억한다. 단지 한 방울의 물을 떨어뜨렸을 뿐인데 우리는 끝없이 가장자리로 밀려간다.
  [······]

시작도 없이 끝도 없이,

방을 끌고,
밤을 밀며.

——「방의 미래」 부분

앞서 살펴본 「열대야」에 형상화된 공간이 거의 같은

맥락에서 이 시에서는 하나의 방 이미지로 구체화된다. "멀고 깊고 어두운 마음"이 "밖에서 안을 찾아 헤매던 날들"이 있다. 이와 같은 내밀성에의 탐사가 오히려 "가장자리"에 대한 예민한 인식으로 거듭나기만 하는 공간이 바로 방이다. 하나의 심리 자취가 내밀성과 자기 확장의 모순된 의지 속에서 궁그는 양상이 바로 이 방 이미지로 구체화된다. 그러니 어쩌면 『목성에서의 하루』는 다음과 같이 '방'과 '구석'의 시집일지 모른다.

무한의 방 그 방의 구석, 구석의 한가운데 앉아 있다. 주위에는 무수한 창. 창은 풍경을 되비추지 않는다. 다만 어떤 예감이 되어 지나갈 뿐. 흰 물방울이 흐를 뿐. 버려진 공처럼 구를 뿐. 그러니 점이 되기로 한다. 잠잠히 점이 되기로 하자. 어제 지운 상처와 내일의 상처 사이에서.

때로 사람의 기록과 사랑의 기록 사이에 갇힌다. 기억은 종종 기억을 버리고 기록이 되는 쪽을 택한다. 나는 기록을 지우는 사람. 지워지는 사람. 서쪽의 구름처럼 모여드는 이름을 되뇌는 사람. 어떤 겨울의 겹은 계단처럼 희다. 셀 수 없이 부풀어 오른다. 부드럽고 고소하게, 고소하고 따뜻하게.

슬픈 얼굴은 아름다운 그림자를 드리우고 이곳은 흑백

의 첫 칸, 혹은 마지막 칸. 나는 계단의 구석, 구석의 가장 낮은 곳에 앉아 있다. 희고 차고 어두운 방으로 떨어지는 물방울이 되어. 똑똑, 풍경을 떠난 기억이 지나간다. 기척 없는 하루는 하루를 지우고 다시 하루가 된다. 흔적 없이, 내색 없이.

　　마지막 계단에서 처음의 계단을 향해
　　기록되지 않은 사실에서
　　기록을 버린 기억 쪽으로

　　기적 없이 나는 잘 살고 있다.
　　　　　　　　　　　　　　　　　—「희고 차고 어두운 것」 전문

　우리는 이 시에서 방이 무한이 되는, 구석이 지평이 되는 임계의 변환술을 읽을 수 있다. 첫번째 운동, 방이 공이 되고 공이 점이 되는 변환이 있다. 방은 한정된 공간이지만 공에 대해서는 넉넉한 공간이 되고 점에 대해서는 거의 무한이 된다. 그리고 이 변환 속에서 내밀함과 활달함의 교환이 발생한다. 그런데 흥미롭게도 "어제 지운 상처와 내일의 상처 사이에서" 내밀해지면서 무한을 얻는 법을 설파하는 것은 바로 "구석"이다. 아니, 뒤에 다시 살펴보겠지만, 좀더 정확히 말하자면 구석을 밀고 가는 의지이다.

2연은 방과 무한, 구석과 지평의 변환이 확보하는 심적 공간의 양상이 기술된다. 어제와 오늘이 상처만을 통로로 지닐 때 누구에게도 넓고 따뜻한 방은 없다. 그러나 상처와 상처 사이가 무한이 되는 변환 속에는 "겨움의 겹"을 "부드럽고 고소하게, 고소하고 따뜻하게" 발효시키는 효소가 함유되어 있다. "계단의 구석" "구석의 가장 낮은 곳"이 "기억"과 "기록"을, 사태의 심리적 가공과 사실관계를 뒤섞는 조제실이며 태세 변환과 언어적 준비를 갖춘 마음이 새로운 태연함을 얻는 기저가 된다. "기적 없이 나는 잘 살고 있다"는 진술이 여러 겹의 마음을 압축한 시적 발화가 되는 까닭은 그 때문이다.

3. 낭만적 비전과 심리적 변경 확장의 논리

그러니 이 공간의 위상기하학은 시적 언어를 매개로 할 수밖에 없다. 시 언어의 특징이 무엇일까? 낭만주의자들이 바랐던 것처럼 그것은 안으로부터 밖으로 자라나 다시 밖이 안이 되는 유기적 운동이다. 그런 점에서 볼 때, "가능하면 먼 곳으로"(「바람이 우리를」) 자신을 밀어가는 것 역시 낭만적 비전에 가깝다. "방"이 영토를 확장하여 "거리"로 탄생하는 것은 이런 비전에 힘입은 것이다.

난간 너머로 새가 날아간다
달려오는 생을 온몸으로 막으며

　　　　　　—「서쪽으로 난 창이 있는 집」부분

가장자리를 물고 개가 뛰어간다

가고, 간다

가능하면 먼 곳으로

　　　　　　　—「바람이 우리를」부분

　새가 난간 너머로 날아가는 것이 달려오는 생을 온몸으로 막기 위한 것일 수 있는 까닭은 그것이 상처와 상처 사이를 무한으로 확장하여 상처를 막아내는 운동의 일환이기 때문이다. 후자가 사이에서 바닥을 깊이 파는 굴착이라면 전자는 경계를 밀고 감으로써 경계를 튼튼히 하는 '자주국방'이다. 이때 난간 너머로 날아가는 새는 가장자리를 물고 "가능하면 먼 곳으로" 뛰어가는 개의 이미지와 자재롭게 변환될 수 있다. 그리고 이런 방식의 확장 의지는 이 시집의 중요한 표지석들을 다시 세우고 있다.

구름이 이동한다
구릉 너머
구름의 영토 쪽으로

거리는 무한히 확장되고 변주된다
사라졌다 떠오르기를 반복하는
소문처럼
입에서 귀로 전해지는
비밀처럼

오늘 우리는 무슨 얘기를 할까

터진 꽃들이 지기 전에 말해줄래?
유머가 된 사랑이나
추억이 된 혁명 같은 거

세계 뒤에서, 더 뒤에서
기억 밑에서, 저 밑에서
지각은 조금씩 밀려온다

내일은 우리에게 어떤 얘기가 남을까

흰 계절의 감옥을 지난 후에는 말해줄게

점을 치는 새의 슬픔이나
새를 치는 노인의 미래 같은 거

겨우 속삭이면서
겨우 어긋나면서

사람들은 이동한다
어깨 너머
사양斜陽의 영토 쪽으로

누구도 모르게 모르는 사이가 되어
다시는 되돌아오지 않을
지상의 영토 끝까지

　　　　　　　　　　　　—「거리의 탄생」 전문

　이　시는 "지평선을　안고　걸으면　구름이　몰려온다"
(「남은 것과 남을 것」), "어제를 밀어내며 나는 걷고 있
다"(「적선동」) 같은 구절들과 함께 읽혀야 한다. 또한,
다음과 같은 대목을 실마리로 삼아야 한다.

재채기를 할 때마다
여기가 여기라는 생각
머리를 감싸 쥘 때마다

여기도 거기는 아니라는 생각

—「십일월」 부분

변경을 밀어내며 걷고자 하는 '영토 확장'의 꿈이 어디에서 태동하는지 알 수 있다. "여기도 거기는 아니라는 생각"이 정주定住하고자 하는 삶에 이물감을 얹어놓는다. 방이 거리로 탄생되는 비전이 필요한 까닭이 바로 그것이다. 이제 상처와 상처 사이의 무한을 얻은 이에게 "거리는 무한히 확장되고 변주된다". "유머가 된 사랑"이나 "추억이 된 혁명" 같은 소문과 비밀 들이 영토 확장에 따라 하강과 상승을 거듭하는 세계들의 기저에 기입되고 그것은 이따금 일상적 지각에 기별을 전해온다. 마음의 모양을 결정하던 사람과 사실과 사태와 사랑이 모두 "사양의 영토 쪽으로", 해가 기우는 쪽 어딘가로 옮겨지고 이제 그것은 변경을 밀고 가는 이에게는 무한이 될 "지상의 영토 끝까지" 동행한다. 덤덤하고 수일하며 수일하고 덤덤한데 어쩌면 이리도 처연하랴⋯⋯

4. 머나먼 구석으로부터의 타전

서두에서 이 시집에 일종의 플롯이 있음을 언급한 바

있다. 이를테면 다음 시에 담긴 드라마를 눈여겨보자.

빛이 흐른다. 새벽에서 아침으로. 계단에서 계단으로.
가지에서 허공으로. 나에게서 너에게로. 이런 날에는 전날
을 생각하지 말자. 다가오는 모퉁이들을 상상하지 말자.
눈앞에는 멀어지는 등들. 수평선을 흔들며 달려가는 붉고
푸르고 검은 깃발들. 어리고 외롭고 쓸쓸한 그림자들.

다가오며 멀어지는 것
멀어지며 다가오는 것

[······]
우는 동안은 모퉁이들을 상상하지 말자.
　　　　　　　　　　　　　　　　　　—「전날의 산책」 부분

담긴 방과 거리의 위상기하학이 품고 있는 급소가 바
로 모퉁이다. 다가오며 멀어지고 멀어지며 다가오는 지
평의 치부가 바로 저 모퉁이들이다. 이런 내력은 이미
그 자체로 인식의 플롯을 구성한다. 그런데, 보다 극적
인 반전은 다음과 같은 시에 제시되어 있다.

구석이 구석을 끌어당기는 저녁입니다
말이 말을 밀어내고

책상이 의자를 밀어내는 나날이고요

차고 어스름한 나는
벽처럼 얇아집니다

구름이 떨어지고 빈집이 따라가는
그사이

흐르고 번지고 증발하는 말들
낮고 흐린 대기 속을 떠다니는 물들

종을 쥔 아이들이 지나갑니다
흔들리는 것은 종의 일이고
흔드는 대로 흔들리는 것이 우리의 일

지나간 바람의 행방을 알 수는 없지만
지나갈 바람의 경로를 알 수는 있지만

예고 없는 바람이 문을 여닫는 계절입니다 들판이 들
판을 지우고 나무가 나무를 지울 때 사물과 사물의 거리
에서 빛은 점멸하고 우리는 손바닥을 감춘 채 어제를 돌
려세웁니다 이곳이 저곳이 될 때까지, 저곳이 안 보일 때
까지

빈 벽이 햇빛을 쏟어내리고
풍경이 어둠을 끌어 내리는 시간입니다

한 장의 종이가 하나의 세계를 펼쳐놓듯
구석이 모든 구석을 끌어안는 한때입니다

흔들리는 소매가 말라가는

—「구석의 세계」 전문

급소와 치부가 운동기관이 되는 반전이 이 시에 담겨 있다. 그리고 그것은 "갈 데까지 다 가고 나서야"(「주말의 영화」) 가능한 반전이다. 바다을 본 이가 그 바닥을 다시 심연으로 밀어놓을 때에야 가능한 것인데 이것은 서두에 살펴본 「열대야」에서는 불가능한 반전이다. 모퉁이들이 확장의 급소이자 치부였던 것과는 상반되는 방식으로 이제 "구석이 모든 구석을 끌어안는 한때"가 허락된다. 그리고 그것은 '잘못된 열대야의 그릇된 모퉁이'는 아닐 것이다.

이 시에는 방정식이 하나 담겨 있다. "지나간 바람의 행방을 알 수는 없지만/지나갈 바람의 경로를 알 수는 있"게 되는 까닭은 지금까지 살펴본 것처럼 이 말의 발화자가 시어를 통해 운동들의 자취를 열심히 구해왔기 때문이다. "여기도 거기는 아니라는 생각"(「십일월」)이 들끓기를 멈추고 "이곳이 저곳이 될 때까지" 어제를 돌려세울 수 있는 사색에 이를 수 있는 것은 "구석이 모든 구석을 끌어안는 한때"에 도달했기 때문이다. 아니, 그런 한때를 불러들였기 때문이다.

사랑하지 않지만 사랑했던 날을 기억한다. 희고 차고 어두운 허공을, 희고 차고 어두운 그 무한의 방을. 나는 하나의 음정을 무한히 반복했다. 드물게 분명했던 어느 날. 공원의 의자와 잔디는 얼어붙고 핵심은 내내 침묵하던 어떤 날.

떨어진 사과를 바라보던 나날들
사과처럼 둘이 되는 나날들

무릎을 꿇은 건 실수가 아니었다. 말을 찾을 시간이 필요했을 뿐. 혀를 놀리는 법을 알지 못했다. 웃지 않기 위해, 울지 않기 위해. 과장을 버리기 위해 내가 버린 진심들. 말이 될 수 없는 계단, 그 계단을 지난 적이 있다. 날아오르듯 떨어지고 떨어지는 심정으로 날아올랐다. 한순간의 고요 속에서 솟아오르는 감정들. 기억은 내부가 되고 나는 바깥이 된다.

미안해요.

나는 나의 주름을 드러내며 말한다.

그러니 미안해요.

사과는 중력을 증명했고

중력은 시간을 증명했다

오래된 의자처럼 앉아 있다. 길어지는 문장을 자르며 숲에서 나온 새가 낮고 무거운 허공을 가른다. 낮고 무거운 눈이 온다. 길고 어두운 눈이 올 것이다. 끝없이 갈라지는 손가락을 따라간다. 그날의 의자와 잔디가 지워진 건 오래전의 일. 사랑했지만 끝내 사랑하지 못했던 날들을 기억한다.

떨어진 사과를 바라본다

굴러가는 사과를 따라간다

—「어떤 날의 사과」 전문

지금까지 이 글을 읽어온 이들은 이 시에 왜 과거 시제와 현재 시제가 섞여 있는지를 이해할 수 있다. "희고 차고 어두운 그 무한의 방"이 왜 회고조로 상기되는지 알 수 있다. "기억은 내부가 되고 나는 바깥이 된다"라는 문장이 바로 직전까지의 과거 시제로부터 왜 갑자기 현재 시제로의 전환을 이루게 되는지 이해하고 공감할 수 있다. 이 시제 전환은 "사과는 중력을 증명했고/중력은 시간을 증명했다"라는 태도에서 드러나는 관조적 성찰과 부합한다. 기억이 바깥이 되고 '내가' 그 내부가 되는 대신 기억은 관장되고 '나'는 바깥을 지향할 때 '모퉁이'와 '구석'은 가두리가 아니라 프런티어가 된다. 전황이 이렇게 역전되기까지의 편력이 그려질 것도 같다. 이것을 '머나먼 구석으로부터의 전령'이라고 말해볼 수 있을까? 플롯의 대단원과 같은, 다음과 같은 수일한 대목을 옮겨놓음으로써 다만 지금껏 구해온 자취의 해를 가늠하고자 할 뿐이다. ▨

젖은 바깥이 안이 되는
거기에는
내가 있고 내 뒤에는
바닥없는 당신이 있어서
기척 없는 기적은 일어나지 않아도
내일은

사람이 되어요
다시없는,
사람들이 되어요

　　　　　　　　　　　　　　—「머리 위의 바람」 부분